daniela mara

é feminista e multiartista, apaixonada pelas metáforas cotidianas que deságuam na arte e na vida. Nasceu em 1993 na cidade de Caratinga, em Minas Gerais, e atualmente reside em Ouro Preto/MG. Mestranda em Processos e Poéticas da Cena Contemporânea no PPGAC/UFOP, possui formação em Artes Cênicas e investiga a cosmologia indígena, a dança butô, a performance, o teatro e a escrita.

SÓ FAZ SENTIDO O RIO...

daniela mara

editora Urutau
primeira edição
2022

O —

editora Urutau

avenida peirao besada, 6 – 2D
36163 poio-pontevedra
(espanha)

rua cajus, 478
jardim das cerejeiras, cotia — sp
brasil
06724-015

[+55] 11 94859 2426 [brasil]
[+34] 644 951 354 [galiza]

www.editoraurutau.com.br
contato@editoraurutau.com.br

[EDITORES]
tiago fabris rendelli & wladimir vaz
[COORDENAÇÃO DE REVISÃO]
debora ribeiro rendelli
[REVISÃO]
juliana palermo
[DIAGRAMAÇÃO]
victor h. azevedo
[CAPA]
victor h. azevedo, sobre fotografia de zana

dados internacionais de catalogação na publicação (CIP) de acordo com ISBD

mara, daniela
M298s só faz sentido o rio / daniela mara. — cotia : urutau, 2022. 72 p. ; 14cm x 19,5cm.

ISBN: 978-65-5900-298-6

1. literatura brasileira. 2. poesia. I. título.

2022-1821 CDD 869.1
CDU 821.134.3(81)-1

elaborado por odilio hilario moreira junior - CRB-8/9949

sumário

POESIA PARA NÃO PASSARÃO!

POESIA PARA O AMANHÃ

[prefácio]

Com alegria sou convidado a dançar alguns passos na terceira margem deste rio. Dançando desejos e denúncias, Daniela Mara dos Reis nos presenteia com um estudo do tempo em sua mais delicada apresentação, a própria poesia. Amiga de muitos anos, celebro a inteligência desta poetisa de força e rebeldia. Dani é multiartista por treinamento e natureza, e bem o vemos no fluxo de obras em que desempenha funções em diferentes áreas das artes e das letras nos últimos anos.

No curso da história, a boa poesia nos salvou de nós mesmos. Fortemente frágil, a humanidade precisaria de garantias de não se autoexterminar. Garantias de organização e cura para mentes inquietas e em constante criação. A poesia foi e é o caos que gerou a sustentação do que chamamos humanidade. Pensar poesia é exercício de estudo da humanidade e do que ela gesta. Pensar poesia hoje é mirar o que da humanidade ainda nos resta. História, humanidade, mente, caos, poesia, exercício, a linguagem a deslizar por imagens, imagens que movimentam, dançam.

O feitiço da escritora nos enreda em tramas de linhas tantas, que não se pode aferir ao certo, dada a imensidão de suas malhas. Daniela cria infinitos ao jogar a palavra em diversas cadências de reflexão. A autora dança suas ideias numa intimidade profunda com a linguagem. Neste rio sinto a herança de Cora Coralina,

Hilda Hilst, amalgamadas como musgo em pedra. Sinto os ares de Carolina Maria de Jesus ecoarem como protestos em versos de *Só faz sentido o rio*.

Daniela nos mostra que uma poesia dançarina é possível. É possível e flui como um rio que vai. E, indo, está e é. Assim são seus versos, sua elaboração nos desloca de margem a margem, do fundo aos ares, em toda a dimensão do rio da história, que vai e, indo, é e está. E, como dança, é uma poesia manifesto. Manifesto, não lamento. Num pensamento ave, volteiam os sentidos em sankofa espiralar que, ao marcar no contratempo, sacode revoltas seculares, em cheiros, cores, gostos e texturas.

Pensar a poesia movimento em dança manifesto de Daniela Mara dos Reis requer o delicioso exercício de bailar com as rítmicas próprias de sua escrita. Essa cadência assim tão específica se organiza no caos de quatro partes íntegras entre si mas consonantes como um todo. A profusão de sentidos da poetisa decanta e suspende ideias para esta época. "Poesia para passarim". "Poesia para o ontem". "Poesia para não passarão!". "Poesia para o amanhã".

Em "Poesia para passarim", quiçá a autora queira dizer das minúcias do existir. Exigências para a manutenção da plenitude dos seres, de sua dignidade. O protesto marca uma assinatura firme de sua poesia, camada de fixação de denúncias num tempo. Sua pulsão incontrolável e sua verve contemporizada para as letras não a impedem de propor vazões para suas inquietudes.

Em "Poesia para o ontem", há um mergulho intenso nas dimensões mais íntimas de seu pensamento. Estejamos atentos para a sutileza de sua inscrição. A poetisa se lança em nados livres e bailados, no denso oceano de inspirações que compõem seu imaginário. Como num rito de passagem, a construção poética de Daniela erige panoramas de uma mulher que age frente aos desmandos de seu tempo. Importante salientar com presteza a importância de um exercício assim tão sensível e firme em sua elaboração. A poesia de Dani é conexão e reconexão de equações semânticas de inumeráveis significâncias.

"Poesias para não passarão!" evoca a força da manifestação de ideias próprias de uma poesia que seja viva. Marca o registro de um tempo, em que o país se viu subtraído da própria autoestima e de qualquer apreço por si mesmo; marca uma época em que faltou ar aos brasileiros. Com muito tato, a poetisa tece considerações contundentes acerca do que pode ter sido o maior genocídio em saúde pública da história. Apenas uma artista aguerrida poderia redigi-las. Atenta para os acontecimentos de seu tempo, a poetisa circunscreve na mais fina organização protestos que convocam à reflexão. Assim não passarão, toda a boiada!

Em "Poesias para o amanhã", Daniela tece comunicações de dimensões metafísicas. Clama à natureza os ensinamentos de que precisamos para retornar ao que é humano. A escrita de Daniela Mara dos Reis é revolução poética. Enredos de fina trama, a alinhavar potências e imaginários, convocação à mudança, transformação de atos.

Poesia que gesta infinitudes, *Só faz sentido o rio* é convite para movimentar plenitudes e vazios do existir. Poética e política são palavras femininas. Dança de ideias e jogo com as formas. Enfrentamento e pulsão. Energia, força e coragem. Tempo, gesto, memória, afetos. Sentidos. Que possamos transbordar os sentidos do rio.

Giovany de Oliveira

POESIAS PARA PASSARIM

*

só faz sentido o rio.
quando sol, sobe
quando chove, corre.

*

encontro as marcas sobre a pele
e as beijo suavemente como se um rio saliva me invadisse.
sou densa e intensa.

é como se meu pensamento fosse vivo,
conversando com o corpo, memória e carne.
entrego me à mesa: — estou aqui,
com cheiro de sangue e gosto de vingança.
jauára ichê!

justiça por Moïse

há um cemitério entalado na minha garganta,
há gosto de areia e sangue.
há indignação entre meus dedos e dores profundas em meus olhos.

afronta

arremeda a língua
arranca a seiva
alimenta m'eu.

*

áspera língua.
veneno torpe.
inala peito.
escorre pernas.

víbora!

desajeitada e inquieta.
frutos do tempo.

suaves deduções

debruçar em si,
dançarei aqui.
na *entregância* do momento
tento o reverso
nas camadas do tempo.

a finitude das coisas

a bituca de cigarro,
o fósforo jogado,
o chiclete mascado,
o papel guardado,
o grão de arroz,
a dose de vinho,
a caneta estourada,
a gota d'água.

*

uma ilha por dia.
o suspiro frágil navega para longe e dentro.
redemoinhos: penso como ave.

*

O desespero engole a vírgula
apressa o erro descarta o cuidado
e pressiona o tempo.

incoerência efêmera

quero,
porque te quero.

missa

baba gozo
peito grito.
traga osso.
meio vivo.
sente quente
unhas costas
pulsa geme
enfia encosta.

tudo o que tenho

o silêncio é amigo da poesia.
suspiros hiatos nas palavras que me chamam.
surge nos meus olhos um espaço do tempo:
— melodia das horas perdidas.

*

movimento:
ser redemoinho,
brisa leve
pequenas tempestades
sopros do vento.

POESIAS PARA ONTEM

ensimesmada

sinto o frio das montanhas.
sou convidada a escrever
na escuta vermelha desse entardecer

começar para recomeçar.
escrever para desaparecer.

reescrevo, arranco folhas.
escrevo a mão, rabisco a pé.
escuto. esboço. exponho-as.

— escrever é calo à experiência,
godoy diz que aqui tem alguma coisa.
escrever em si mesma, esse rastro animal.

intimidação

a memória carnificina os grita dos versos indisciplinados.
ferida aberta: louca, abusada, triste ou cansada.
a cicatriz marca a falta,
na revolta da carne que dança.

condição escassa? condição escrava?
aos condenados desta terra,
alguém me responde:
o que nos resta?

engano

na lua cheia, suspira alto a ilusão que vem do peito.
hija del caos. baila o fogo, canta o amanhã.

reza com o corpo: teus olhos são seios,
tua boca, a maciez da vulva.

encanta a noite, descansa o dia.
é feiticeira, essa filha!

íntimo

intimidade é permissão,
abrigo das mãos, déjà vu dos olhos.
esconderijo da saudade e
maresia em carinho.

quando se é íntimo, cada palavra é troca.
intimidade é ouvir, olhar, tocar e se deixar levar.
intimidade é respeito mútuo.

suspensão

dançо ao som dos pássaros: de longe e entre as árvores,
a caminhada desvela o que não sei.
sou atravessada nessa força frágil,
que denomino desejo.

coabitar entre a simplicidade dos cantos ao amanhecer
e a audácia do ponto mais alto do céu.
assim são os pássaros.

tenho desejado esse voo impetuoso que marca o céu.
entre o desapego e a caça,
continuo gostando dos meios.

quedas

escorre entre meus dedos a palavra confiança.
encaro seus pequenos olhos seguros
fico estremecida por alguns segundos
quando percebo em meus dedos
a vontade de segurá-la.

nos segundos em que a contemplo,
sinto meus pulsos: inseguros e incompletos.

observo o vazio entre o meu eixo e o
encaixe femoral, entre a coluna e o desejo.

ode ao Tempo

giro meus pensamentos
nas sutilezas do tempo.

se fosse em outro momento,
a respiração densa e desenfreada
retiraria o gosto calmo do dia.

se fosse em outro momento,
passaria correndo, sem perceber ou parar para ver.
mas nesse agora
recomeço, regenero e espero.

delírio

quero o eixo do teu tempo
para inventar a melodia com suor
e no compasso dos teus olhos
regar o vento.

meu querer, mais do que desejo
invade um abrigo no seu colo.
onde respondo a tato
com admiração de cada passo, rumo ao teu.

longe de mim, abalar teu eixo
apenas conto meu desejo,
apenas conto o que arde nos meus olhos
sob o delírio do teu beijo.

POESIA PARA NÃO PASSARÃO!

cobaias

disritmia do compasso,
anuncia a exata hora da partida:
Pátria Asfixiada, Brasil!

não me venha com procedimentos precoces!
não culpabilize o povo que morre,
o primeiro grito da vida que nasce
hoje clama pela sorte.

não há gosto, nem cheiro
nem respiradores, não tem jeito.
o pulmão do mundo
desafia no peito a própria morte!

criada essa crise humanitária,
de quem roubou, prevaricou, caluniou e
anunciou a passada da boiada.

ando desesperada pelo amanhã

ando desesperada pelo amanhã!
lá fora as flores não crescem, o fim do mundo não chega
e há quem ainda pregue a ridícula cura
para toda e qualquer forma de amor.

já não insisto mais.
o amanhã parece que zomba da minha cara.
escreve preces ao vento, ouve o canto do galo na madrugada,
põe fogo nas cartas e nem ri das minhas piadas.

o amanhã parece que vem...
já demostrou sinais, derrubou meus cristais
brincou com meu misticismo, dançou na minha macumba
e regou-me com saudades do baque.

esperar o amanhã é desesperador,
parece briga de napoleão com próprio espelho
ou jogo de pique-pega no escuro.

parece que esperar o amanhã é uma utopia,
um embalo cósmico, uma melodia
que insiste no meu ouvindo dizendo que vem (...)

pulmão do mundo

o gosto das palavras são águas salgadas escorrendo no rosto.
seja pelo desaforo ou o sentimento de desgosto.
as palavras ainda não ditas na mídia,
tão confusas quanto a imagem turva nos jornais.

o cheiro da palavra incêndio atravessa telas
sufocando o coração do mundo,
há falta de ar nas palavras contidas,
asfixia lidas das vítimas dessa dor esquecida.

são palavras pontuadas e esperadas.
palavra escassa, empobrecida, abandonada
palavra que arde, doí e mata
são os derivados dessa palavra fumaça.

POESIA PARA O AMANHÃ...

a deusa ao meu lado

entre todas as deusas que ao meu lado derramam curas,
bênçãos e magias, sinto sua presença nos pensamentos.
entre seus olhares, afagos e cuidados
cultiva a força da noite
embriagada na inconstante da lua.

ideal e real.

a deusa ao meu lado debocha.
sua gargalhada arrepia minha pele.
entre todas as deusas ao meu lado,
ela me ensina a dançar.
oculta em mim, protege meu caminhar.

senhora

Um prato de justiça nesta mesa, senhora!
Meu grito já foi abafado pelos mesmos inimigos.
Abre teus olhos, dama justiceira!
O inimigo veste trajes de sangue, destrói terra,
Suga a seiva, mata montanha e seca as raízes
Em nome de uma tal felicidade comprada.

Não aceito essa voz presa na garganta,
Não quero intriga pequena para dissipar meus iguais.
O inimigo vestes trajes de sangue: suga toda a mãe natureza,
Inventa coisa de que não precisamos e ainda recria o que seria
[liberdade.

Caminho farta de migalhas fardadas, cansada de velar essa guerra.
Eles querem a dominação, entre as armas e o ódio.
Senhora, o que precisamos ainda esperar?

Senhora justiça, dai-me um pouco de coragem!
Peço força, senhora! Peço raios! A revolta da natureza!
Dê-nos luz, força e justiça, minha senhora!

caminhos

São os passos desta terra que me levam ao Alto, os suspiros das Dores.
Para todos os santos, oferto meu suor, as calejadas flores de lírios,
Meus punhos cerrados e as chaves do meu caminho.

Peço a dona moça proteção.
Risco a terra, com o poder do teu encanto.
E danço nesse chão batido,
A força dessas pedras.

desapego

Não me tirem o acaso,
Não me tirem o encontro,
Não me tirem o passado,
Não me tirem o sossego.
Não me tirem a suavidade,
Nem a curiosidade que almejo
Dos pássaros.

Não me tirem o desejo,
Não me tirem o fluxo,
Não me tirem o anseio,
Nem pensem em retirar de mim
O fracasso que habita
Nas entrelinhas da espera.

Não...

Não me tirem a bagagem,
Não me tirem a saudade,
Não me tirem a dança,
Não me tirem a arte.
Apenas tirem de mim,
O fracasso que habita
Nas entrelinhas da espera.

■ primeira edição
■ julho de 2022